Klaus Demus

D1872592

Für
Eva Kittlitz
herzlich
Klaus Demus

Klaus Demus

Landwind

Gedichte

Löcker

Alle Rechte vorbehalten
© 1996 Löcker Verlag Ges.m.b.H.
Satz: Exakta, 1180 Wien
Druck: profildruck, 1030 Wien
Printed in Austria
ISBN 3-85409-269-5

I

Landwind

Noch einmal Ausfahrt,
und nach den Sternen allein.
Sammle den Mut!
Denk, auch du
befährst einen Stern,
er aber mit dir,
und beid-eure Bestimmung,
sie liegt
außer dem Wo.
Faß es: fahrend,
im Gleichen seid ihr zuhaus.

Flug

Unten im Licht
das blendende Wolkenmeer.
Tief drunter, unerfahrbar,
die Erde, mit Tod und Geburt.
Das Nächste, Fernste darüber:
ein brennender Stern,
wahrhaftig unsrer, die Sonne.
Zwischeninne, ein Nichts, du,
ein Sinn und ein Aug, zu sehn,
das Einzige auch, das dies denkt:
fast ohne ein Hier
leibhaftig in einem der rastlosen
Augenblicke der Ewigkeit.

In der Gegenwart

Über Bergen hin hab ich heut
der Erde von hinten her
auf ihre Fernen geschaut;
und sogleich bereit hinüberzugehn,
strömt' mirs von Bildern ans Auge.
Vom äußeren Leben der Zeit,
von Licht und von Schatten
konnt nichts mir entgehn.

Feststellung

Der Zeiten Größe
wird nicht am Himmel gemessen:
zeigt er ein Schicksal an,
leihts ihm das Dasein allein,
deines Daseins Gefühl.
Mit Wettern überherrscht
der Tag die Erde,
fern ins Unbestimmte,
und Rätsel dran du sinnst
häuft der Abend
unauflösbar. Größe am Himmel –
das Ewige über der Zeit.

Vom Hiersein

Aus der Amselstunde
kindwärts im Garten
begreifst du immer noch
das Rätselhafte am besten.
Allen den Richtungen
träumenden Fernewissens
übervoll standen die Tore,
inmitten, dem du
zulebtest mit ganzer Seele,
erwartet das Andre trat:
Einzigart des Unbenennbaren:
Dasein. Es stand, hochfarbig,
in der Glut des Blühns
im Staudenbeet, zwischen
Schattungshäusern, die Bäume
wahrten in Kronen die Welt –
der Augenblick aber
zündete das Abenteuer.
Wenn ich sterbe,
denk ich dort einzutreten.
Was, denn, könnt es
Letztes geben, als dies:
Hiersein?

Der Weg

Ich fand, in der Überflutung,
noch einen halbwegs trocken zu gehenden
Pfad. Nicht hinaus – das
gab es nicht mehr. Doch aber
mit dem Rest des im Rückblick
zu schauenden Lands, den Säumen
der letzten Welt; umringt vom
Untergang, mitten aus ihm.
Schönes Licht
lag dort, ich ahnte, wußte,
wie alles dort war, einst herrlich,
in seinem Gewesen. Und es schien mir
ein Leben dort möglich.
Hierüber
konnt ich mich nicht beruhigen. Also
lehnt ich, jeden noch trockenen
Stein zur Staffel, mich mit der Seele
hinüber. Der ferne
Anblick von Welt
errettet' mich im Verderben.

Herschreibung

Es war, in die ich
das jüngste Aug aufschlug,
erstmals eine blutarm
gewordene Welt – doch
mit dem Strahlnachzittern
unbeschnittenen Reichtums.
Ich sah, und vergaß es nie,
im Auslöschen noch
des Lichts Verglimmen.

Aria, rückwärtsgewandt

Fällst du urplötzlich
in jene niemand mehr erstaunen
machenden Jahre, da
Vogelruf fast dein war:
stehst du, träume-
durchschaudert, wiederum,
unsäglich, in den unausdrückbaren
Wurzelräumen selbst-
erfahrener Zeit. Einsam singend.

Nostra cosa

Was hat uns verlassen?
Ist, was es hindert bei uns zu sein,
der torlose Raum
unser Werk?

Nie, seit die Welt besteht,
blieb Welt aus.

Der Aufgegebene,
den nicht mehr ihr Leben bestrahlt,
erfährt es.

Angst

Vielen scheint nichts geschehen,
Ältere wissen manches;
einigen aber
ists immer schon
wie mitten im Sterben.

Sonne kommt und geht,
Jahreszeiten: selbst
Jahre. Mit uns aber
steht es stets schlimmer;
wenn auch erst der, und jener,
aufliegt, Not hat,
nachts.

Vom Berggehn

Als die Gebirge, gescheut,
noch das heidnisch
Tausendjährige wahrten
und sagenschaudernd
um Urweide nur, um Erz
die Not sich in die
gebannten Höhen wagte:
in diesen großen und langen Zeiten,
es stehn noch Zirben, Lärchen davon,
erklang nur Choral.
Um des Echos willen
steigst du als letzter hinauf.

Randgedrängt

Du brauchst nur ins
Gebirge zu gehn – dem
Wasser entgegen den ganzen Tag,
über Wald, über Almen hinaus
und hinauf zum Geröll, zum
Schnee und den Gipfeln, nah
dem Gewölk: und sterben
möchtest du können vor
lauter Leben. So
einfach nämlich ist
Himmel und Erde hier.
Mit bitteren Tränen
frohlockst du über des Wirklichen
fast schon Unmöglichkeit, das
angesichts alles Drunten
verblieb.

Die Buche

Im Bergwald ein älterer,
freier gewachsener Baum
von eigenständig bewilligter,
einzelhaft schöner Natur,
wie sie nirgendwo heut mehr
zu finden ist; dabei,
mit all seines Lebens Zügen,
den Gliedern seiner Gestalt,
nur das bekundend, was
in jener Welt vor uns
allgemein war:
daß eines selbst aufkommt,
mit seinem Schicksal und sich,
für das strengste Dasein
im großen Ganzen. Wir haben
keinen Begriff mehr davon.

Auf eine Zeichnung von Claude

Sacht aneinandergeschoben
auf dem Hügel
ländlich Gebäulichkeiten
einfachster Art der alten Zeit.
Schön wie papierene Wespenwaben
und Kristalle aus Gold.
Was, außer Licht und Schatten
sich räumlich schachtelnder Flächen,
ist der unsterbliche Reiz?
Sieh bis zum Schwindeln hin,
immer erkennender:
von jedem der Häuser
strahlt, elendesten Lebens,
jene gemeinsame Welt aus,
die du beneidest.

Die Toten

Was aus dem Dasein schwand,
geht hinter dem Berg nicht weiter:
über den Gipfel strahlt
nur der ins Aufgerißne, Gestaltverlaßne
strömende Schein, mit der Nähe
deines liebsten Verlusts; aber
ohne die Züge.
Anders entdeckst du's im Traum:
wie konnt es sein,
daß du den Weg so lang nicht mehr gingst,
wo's dich erwartet? O,
alles wird wieder gut! – Im Erwachen
hast du dann lange zu tun,
zu lernen.

Übergeneigt

Du kannst nicht träumen,
wenn scharf die Zypressen
in den Himmel ragen:
so viel Totes fordert dich
zu Besuch. Aber
auf welchem Weg du
am Abgrund entlang gehst:
hinuntergeneigt mit der Seele,
wirst du einer der Ihrigen –
nicht allzu lang.
Das stürzt einst die Liebe
zu Boden. Nun
träumst du doch. Es gibt bald
kein schöneres Wachen.

P. M.
NUPER DEFUNCTI AMICI H. A.

Hinabgleitend
die steilgeneigten
Tiefenschichten,
wo gleich das Unbefahrne
beginnt: das letzte Laub
in Kränzen um die Stirn,
tauchst du entgegen,
wo es dir klarer wird,
wunschbekannter, es gehn
die ewigen Blüten, wogende
Rosenlauben dir auf –
ein letztesmal können
wir dich grüßen: ein Stern,
entschwindest du uns
in des Unendlichen
Zählbarkeit, ein
strahlender Punkt.

Gewißheit

O mein Tod:
herstellst du nur
die wie nachts am Himmel
vollbesetzte
Herrlichkeit,
wo kein Stern zusätzlich
sich Sein gewinnt:
gesamt
steht von der anderen Seite
die Rechnung,
in der mein Platz ist
von je.

Der Abend

Sieh – es bleicht schon die Zeit;
aus der Dinge Anblick
stiehlt sich das Licht.
Die tägliche Sterbestunde beginnt
allem Tagwesen auf der Erde.
Ist sie vollbracht, folgt
die Rückgabe an den Himmel,
und sind die Lichter erst
klar aus der Nacht getreten,
die Aufgabe in dessen Größe,
die Ewigkeit.
Noch aber leben wir
und der Abend steht uns bevor:
Schauens glühend
und bis ins Löschen herrlich
möge er sein, und uns zuletzt noch
übergeben
ans ganze Licht.

Gegengewicht

Wie unser dunkler Stern
Lichtjahre nachts sich teilt
mit seinem Sonnentag,
so auch
nichts weniger brauchen wir
als die Ewigkeit,
um unser kurz ins Leben flammendes,
lodernd verzehrtes
Vergängliches
abzukühlen im notlosen
goldnen Gedanken,
daß Sein nur ist, unzerstörbar,
und dieses einmalig einzelne
Von-seinem-Morgen-zu-seinem-Abend
nichts zählt.

Mythisch

Du bist verstummt
und kannst auf die Frage
nicht antworten. Sie hat
ein Tor bekommen, durch das du
hinauszugehen scheinst
in die Nacht. In Wahrheit aber
verfolgst du sie, wie ein Jäger
sein Wild, so lang vor dir her,
bis es zuletzt, als ein Bild,
hinauf
und unter die Sterne springt.

Sub specie

Fest anhaften – winzigster Teil
eines gebankten Flözes
in Erdalters Schichtungen, die
Steindichte Korn bei Korn;
Facettenblitz, kristallin
unterm Druck des Äons:
monadisch, im Taub-Mächtigen,
unvergänglich erstarrtes Licht
eines augenblicklich-unendlich
gefaßten Sinns von Welt,
die in größten Gesetzen rollt
in ihr eignes, ununterbrochnes
Erstaunen.

In der Nacht

Schweigend wie der Stein
und irgendein Licht
in der Nacht, das
halb auf ihm liegt:
Fühlt er, weiß er?
Nicht einmal von sich
träumt sein Selbst.
Doch ein Blick aus der Nacht
trifft ihn, sieht ihn.
Wer? Wen?

Uralt, und noch
zu keinem Ende gekommen
ists, das Ganze.

Das Ganze

Es ist, und wird sein, was war,
das über alle Grenzen erfüllte Jetzt,
„so wie es im Anfang war" –
Felsiges, Meer, Gewölke und Licht,
und das jeglichen Tag
zur Welt sich spiegelnde Leben.
Der Strom geht durch,
monadenweis glitzernd in sich,
und den ganzen Verlauf,
mäandernd und in Katarakten,
träumt die Gottheit,
von Leben zu Leben.

Loswerfen

Ists das Pochen von dort,
oder was es sei,
wenn es spät wird im Leben:
zieh den Südwester an,
bind dich ans Rad,
steure die Berg-und-Tal-groß
wachsenden Wogen allein:
es geht auf die weiten-,
die hilfelos-einsame Trift,
die Weltumseglung.
Unter dir
bleiben die Ziele zurück
all derer vor dir, so weit
jeder kam: irgendwo
wirst du dich ihnen gesellen.
Den Gesang der Wasser im Ohr
bei der graden Fahrt,
gib dem Wind nur
das ganze Tuch.
Es strömt jetzt an Wundern vorbei,
was keiner an Land
je ahnt, es beginnt
mit dem Gestirn das Gespräch,
es wölbt sich die Welt
zum Ganzen! – Den Anker
auf. Zum endlichen Mal:
Tau frei!

II

Wandrers Alter

Du kannst immer weiter gehn –
endloser Erfindungen voll
stehn die Wege der Erde.

Zwischen Kommen und Scheiden
zeigt sich ein Ort
und gehört – eines Augenblicks
dahintengelassenes Hier –
dir für ewig. Die weißen Blumen
im seichten Fluß, dem welthaft
leuchtenden Abendwasser, sie
stehn noch um dich – weit, weit
zurück in der Zeit. Und immer
steigst du noch in den gleichen Fluß.

Unendlicher Augenblicke voll
waren schon die von dir
begangenen Wege.

Gang draußen

Es ergriff mich, frei
am schwarzeinfassenden Rand des Walds
die wintergrau offene weiche
Wiese niederzutreten, halb
ins Tal: gegenüber
laut erbrauste der Berg
unter des Licht-schwärzenden Himmels Zug:
das große Geschehn des Tags
ging vom Grund bis zur Höh –,
und so war mir der Ort in der Zeit zuhaus,
wie zum zweitenmal schon
im Leben; ich aber
hielt am Punkt der Steile ein,
stand: am Gebüsch
ein Zaun, und zu Menschen Spur,
kein Schritt mehr zu tun,
unanrührbar; und
langstreifenden Eichenästen vorbei,
unterdachenden, stieg ich,
den Hang vor Augen und
alles hinter mir hörend, zurück
zu meines Hügels Höh. Es zog
auch hier das Singende hin und ich
richtete mich entgegen dem Sturm,
immer aufwärts, Schmerz
und Triumph in der Brust und das Wissen,
heut, um die ganze Welt.
Und dann brach ich, jenseits,
zu Tal.

Bittres, halb versöhnt

Vollkommen vergeblich,
etwas zu finden, draußen,
im schneelosen Winter:
grau, und der Wind im Wald
zieht mit Getön. Es hat
nirgends ein Zeichen Hoffnung. Nur,
auf wasserverheerten Wiesen, Wegen,
rührt Mitgefühl: auch jetzt
will der geringste Rest,
und seis aus Erinnrung des jenseits
versunknen Jahrs, das Heute
und Welt sein. Vor Abend, sieh,
triffts noch ein warmer Strahl.

Tonart des März

Rast, wo das Hügelwogen
unaufhaltsam gegen die
Berge beginnt, der Blick
diesig, fernengeblendet, Schnee
noch in ganzen Gestalten schaun muß,
mitten im März; wo die nächsten
Falten, Gesenke, rötlichbraun
voll Gehölz, schon den Duft
der die Räume verschönt tragen,
unklar-wirklich im Grund, um
die Mittagswärme; Anfänge;
und kein Schritt als die Hoffnung
hat Recht im halb erst erwachten
Boden; trügerisch, kann dieses
Zuhaus das Wort noch nicht sprechen:
Sei hier. Unabkürzbar
umgibt uns das Werden.

April

Kommt heut ein lichter, kommt
ein himmel-schwärzender Tag?
Stürmt unentmischt Jahrszeit
mit Graupelschütten noch landdaher?
Wildschneiend durch Kirschbaumblüten
blindlings Bergschattens Schutz
und zutal uns treibend.
In Sonnenruhe lagen,
vom Frühlingstaumel müd,
noch eben am Waldrand wir:
nun wüstets Winter,
umflort das Fernenberaubte.
Durch Raums Verdüstrung
blendet der Himmelsfall,
mit eisig frischgeborner
Höhensaat kälteverschauernd,
was Böden erwacht
und winzig Zweigen herausgrünt.
Schmerz; ins Dunkel
ein tiefer Rückschlag.
Wie aber wir
nachhause trachten, ist das
zwischen Drunten und Droben
längst geschlichtet:
Es war, was geschah,
nur der Weg.

Ostertag

Viel herumgelaufen im Wald
und außen an den Rändern;
Anemonen, Veilchen, Immergrün;
im noch alten Gras, unter den Fichten,
am Hang in der Sonne gelegen;
und wieder lang durch den Wald,
von den Abendstrahlen geschoben –
Ein warmer, stiller, immer blauer Tag,
und die Vögel im Wald,
und die Berge wie gemalt
in den weitentrückten Fernen.

Kukuhantsch (Gentiana acaulis)

Hochflächen tiefblau
von Enzian, so antwortet hier
die Erde dem Frühling.
Horizont-überstarren
leuchtende Schneestöcke
grünende Wogenreihn.
Auf einmal das Leben brennen,
wo sichs entzündet!
Gebirgs Stil.
Die kostbarste Schöpfungsbläue
für Hummelflug
in der ersten Wärme.

Vor Morgen

O Chöre
in allen Gärten,
Wäldern und Bergen –
das süße Erwarten
tagwärts
in Vogellauten;
aus ältester Frühe
preisen sie schon
das ewige Heut der Welt;
nicht lockend;
die Rechtlichkeit
ihres Aufwärtsschreins
steht noch in der
ganzen Gottheit.

Ehrliche Wanderung
Epistel an Guttenbrunner

Mit dem Mut, noch die Erde zu suchen,
wollen wir gehn. Zwischen allem
was abfließt durch, und nicht ahnungslos
wie der erwachten Siebenschläfer einer,
sondern bloß Dies-jetzt nicht achtend. Wie Gold
glüh uns der Schatz im Boden, wartend noch,
uns zu blühn. Das tausendjahralte
Leben, anstehts ewiglich,
Morgenlichts, Abendscheins,
bergseitig uns am Weg, wir erben
das Ungenutzte: Was schiert uns,
daß man so nicht mehr reist?
Poesie – allein ist sie doch mit uns!
Und wehe dem Wirt, der die harte Bank
und das Lager von Stroh uns nicht bieten kann;
es deckt auch Sternschein den Schlaf,
und nur ehrlich sei unsre Wanderung.
Wir versuchens, ein letztes Mal noch,
der alten Welt zu gehören. Sattle,
Sancho, den Rosinante
und deinen Grauen: wir ziehn!

Walds Antlitz

Der Wald, im Dastehn, hat ein Gesicht.
Nicht immer zu sehn noch das gleiche.
Stark wie ein Antlitz aber
einmal: leuchtend, drohend; verklärt
von einem fernsten Geschauten;
sturmaufgewühlt,
draus endlos die Blätter streuend;
im Regen, im Nebel: geahnt,
ein Haus hinter sich verbergend,
drein Rauhreifs, Schnees voll auch
in die Verzaubrung ladend;
und nie, nicht eines
Andren, Selben
Wahrheit und Offenbarung zu sein.
Frag nicht, für wen.

Die Tür

Wer noch des Sommers Wege
auf weiten waldigen Bergen
nach Jahren sich zu erinnern weiß,
zehrt vom Goldnen: es drängt,
wie das Dasein an Welt sich schloß,
von Augenblicken die ewig sind
sich ihm im Gemüt zusammen:
der Erde Sonnenschein
einer klar bestimmten Stunde
schaut er und was
dem Wandrer darin offenbart war,
nur hier, nur jetzt, unaussäglich,
fürs ganze Leben.

Was ists,
das nicht zu besiegen im Alter noch
zwingen kann, noch einmal
dort zu stehn, jenen Ort im Wald
um jenes Augenblicks willen
zu suchen, um weiter zu dringen
in jener Offenbarung, bis zum Ziel –?
Umsonst. Verschoben
in andren Strahlengängen, verwachsen
die Tür. Es ist
die immer stärkere Sehnsucht nicht
stillbar. Sie bleibt.

Thaya

Stockend zieht um den Felsen herum
der Fluß, und die vielerlei Wipfel und Kronen
glänzen. Mit langsamem Schwingenschlagen
wandert der Reiher des Flusses Weg.
Dann und wann entsteht irgendwo
ein lichtbewegtes Gefilde: winzige Blüten,
stechen die Blitze so fern herauf.
Von meiner heißen Warte am Hang
schau ich diesem Erdenteil auf den Grund
in sein dunkles Rätsel.

Erinnerung aus Rubens, Tizian

Abend unter den Bäumen.
Wir stehen, sitzen im Gras, •
gegen den Stamm, zur Schalmei:
Sommer, unseres Lebens
ewige Jahreszeit!
Alles Große, Entfernte, Nahe
verschwingt ineinander,
tief mitten im Wald
hält das Leuchten still,
und wir träumten das Dasein,
wären wir nicht in ihm.

Jetzt, nachts

Wo ich heut lag auf dem Berg,
zuhaus im Weitesten, Ungestörten,
der Sommerhöhe ruhigsten Weltgemach:
ist nun niemand; aber nichts mangelt:
der Grasplatz, die hohen Bäume rings,
das Lichte, Schatten Gewährende mir,
liegt dunkel als Ortschaft im All;
inniger; dem Unendlichen eins.
Dort denk ich mich hin.

Regen

Der Regen, nachts: das Uralte;
des Niederrauschens langerquickende Stimme,
das Finstre draußen erzählend:
daß auf Erden es weitergeht, Tränkung
reichlich geschieht; daß ein Waltendes
willig sich über uns verhängt.
Unsre frühesten Jahre schon
tagträumten, hinaus in den Regen schauend,
dieses Unendliche, dem nichts Neues mehr
einging. Alles bezog sich von Anfang an
auf seinen uns zugetrauten Laut.

Morgenblick, August

Still, nach der Wetternacht,
hängen die weißen versprengten
Trümmer durchs Tal,
und mit graulichen Flächen
dampft noch der dunkle See;
schon aber grüßt
durch das verstürzte Ahnen
hell, mit des Siegs Jubel
der erste klare, entfernte
Gipfel des höchsten Gebirgs.

Bergtag

Strahlende, wechselnd,
und düstere Zeiten vergehn
dem groß in Räumen
Wildnis ersiegenden,
mühsal-herrlichen Pfad
im Wettergeschick. Es leuchten
die Bilder der Fernen herein
und Dräuungen, nah im Gestein,
graun auf. Der Weg in den Abend
erst zündet sich Glanz im Traum.
Am Ende gigantische Schatten.

Sehnsuchtsblick

Gegenüber glasten die Gletscher,
unhörbar ihr entferntes Rauschen,
aber feinstes Wolkenspiel
wandert dem Auge unaussäglich
das Leben dort vor, zusammen-
träumend mit dem eines Sterns
in seiner Majestät. Dort,
im Ungeheuren der Erdenstunden,
winzig dem Göttlichen selber
nahe zu sein: heb dich hinauf.

Die Nocke

Nebenseitige Welt
almkahl gerundeter Berge;
gewittergefährlich;
in langgekerbten gewundnen
Hochtälern bis gestern
noch unheimlich: Vorzeitig-
Unterirdisches wurde erfahren;
die reiche Blumenfelswand
war Zeugnis. Bergwälder auch
bergen noch ältste Stege.
Die Versammlung von Kuppeln,
unter Wolkenschatten in eins gesehen,
wirkt anziehend, unerklärlich,
schön.

Bergbegegnung

Im Wolkenwehn
hoch auf gedehnten Rücken,
wo der gesteinzerkörnte
Tanzplatz der Blitze ist,
im polsterblühenden, trocknen Duft
lagert die Herde der großen
und reinen Tiere, himmelsgewohnt;
still in der abstandgeeinten,
genauen Ordnung ihres geheimen
Zu-, Miteinander. Sie kennen
die Tage alle, sommerlang
abgeschieden im Oberen, wissend
ruhig geworden, hier am gewaltigen
Schicksal, über die Welt.

Aquarell

I

Ausgebracht Schönseins Wirklich
an violetter Glocke (Gartenform),
gebündelt, ein Strauß:
so hoben die Stengel die Blüten
– festgehalten der Augenblick –,
ihrer Grundgestalt zufalls-
verkürzte Form in ein Anschaun,
das das Erkannte sich auf den Grund
offenbart', keinem zufällig
Schönen entsagend:
der aufgespannt blasigen Kammern
Stege, die häutigen Gläser,
das gelbe Pistill im Blauschein:
Leuchtend-Läutende in den Raum,
Capella Campanula,
nach den Hummeln.

II

Wie Fische im Netz,
aus dem Schultor Kinder,
wie Apollon die nassen Locken schüttelt,
sprengen die glockigen Mäuler
jedes anderswohin den Jubel:
geburtszerknittert bleich
bis posaunenblau schon vom Blasen,
wie Windgötter, in die Ecken der Welt,
und ein läutendes Bündel Klöppel;
während still sie das Licht
mit Widerscheinen durchfärbt
feinststrahlender Bläuetinten.
Ein Schopf aus Häuptern,
ins Leben gebeutelt von grünen
Stengel- und Blättertiefen,
die drunter dunkeln.

Unzeit

Vielleicht bei den Höfen sich umschaun
am trüben Tag, wie es droben steht, herum-
streichend am Waldrand; denn was ist zu tun?
Heute gelingt ja nichts, tief stockts,
und nichts ist beschieden; fern voraus,
vom Schicksal noch nicht erwählt und auf keiner
Bahn noch sind die künftigen Dinge.
So hab ich auch heut
keinen besonderen Weg; da und dort nur,
wie nachzuhelfen, geh ich, mit nichts
im Schilde, dies amtlose Amt nur habend,
droben auf halben Bergen herum
und ich füge mich
in dieses allverteilte, allausgegoßne
Gesetz dieses Tags: einer Welt der
kleinen und ungeordneten Schritte.

Schlafzeit

Schwach im Nachtschein
Hangs finstre Massen;
rings Wald.
Hinauf durch Irrwuchs
fordert Augs Träumen.
Und wie ein Tier kriechend
stockst du im Schwarz,
siehst dich nicht mehr.
Des Waldschlags Glanz
deckt regungslos
dein Verschellen.

Einbruch

Morgens voll Flocken der Raum
und Oktoberschnee im Herbstlaub.
Rauchdampf treibt wüst hin
über den grauenden See.
Vom Wald schwarzweiß
nur die untersten Ränge, reinlich.
Dicht darüber der Himmel.

Zu hell das Licht in der Dämmerheit,
zu dunkel der Tag.
Das feuchte Schnein wird Regen
und wieder Schnee.
Hart ist die Welt,
eingeschränkt und verzerrt,
und von Ungeheurem darin
offenbar.

Systole

Nachts, wenn sich wieder
die Nebel bilden,
die Erde die erste
große Einschau der Sterne wieder
hinausweist aus ihrem Geheimnis,

nagt und brennt im Finstern
der Herbst im Wald, schreckt
Blätter, gilbend und tief
ins Rot, und stellt Baum um Baum,
innen immer entfernter das Jetzt
auslassend, zurück ins Träumen

von der herrlichen, uralten,
unbewegten Ewigkeit.

Herbstabend

Durchs Wiesental war ich gezogen,
wo droben vorm Waldrand
die großen Bäume einzeln,
wehrlos und wie betroffen standen
in dem was ihnen geschah,
verfärbt ins Braun, ins Gelb, ins Rot,
und wie Knäufe und Kuppeln von Türmen
im Feuer erst hellgeglüht
und in der Erde verrostet.

Vom Talschluß, wo Häuser standen,
stieg ich aus Schatten und kaltem Duft
noch einmal hinauf in die letzte Sonne,
sah sie zurück dem Wald zusinken
am Berg, in auserwählte spitzige Wipfel,
und der hagbuttenrote Rosenstrauch,
von dem ich die leuchtendsten
Zweige mir holte, losch ab,
schon war es kalt und wurde,
droben im Wald und auf langem Rücken,
Abend und Dämmerung.

So ging mir des Sonnentags
weiter Weg so spät erst zuende,
es hatte der Himmel schon ausgeblüht,
das Ganze verfiel, Herbst und zur
Abendstunde; Nebel waren erwacht,
mir aber senkte sich ein Gram

in die Brust: was hatte ich mir
für ein Ziel ergangen? Nein,
kein Weg hört auf. Und nachts, jetzt,
schein ich mir immer noch unterwegs.

Der Wanderer am Berg, Herbstabend

Im falben, wie Fahnen
dich überragenden Gras,
rings eingefaßt im Erstaunen,
halt eine Weile,
sinkt dir das Gestirn in die Wipfel,
im Regungslosen stand:
das große Unbetretbare
liegt vor dir, schon im Schatten,
und du solltest dich,
Not um Not, dort hinein
werfen: tu
den ersten Schritt, und es schlägt
über dir zusammen,
du bist wieder wie im Anfang
zuhaus.

Heimat

Mich fasset ein Verlangen –
Rückert

Schweren Nachthimmels mildere Stellen
such ich mit dem Auge des Wanderers
auf im Herbst, ob nicht das fernste
Mondlicht, leise hinabgetaucht,
drin sich verfängt, drin ich
wohnen möcht in der Seligkeit –
hoch durchlichtete Wolkenräume
statt der steinigen, finstren
Erde ohne ein Ziel.

Im Herbstwald

Nicht, über der
Herrlichkeit des Fests
im ganzen säulengetragnen Gebäude
und bis unerbittlich
hinauf sich das Licht
in die Kronen zieht,

kannst du in all der
herz-zerrenden Schönheit
des Endes vergessen:
der Brombeern Blätterrot
aus dunkelstem Grün
wird dir das vergänglichste
Wort der Schöpfung.

November am Berg

Lebenssagen,
die aus gebräunten
Stämmen und Rinden
von Jägern und Sammlern gelesen,
an Hüttenfeuern
rauchreich verbrannt
und nie mehr
auserzählt noch gesungen
werden: es
herbst-rauscht der Wald
am windigen Abend –
die Glut der Blätter strahlt aus den
letzten Garben.

Zuletzt

Der Wald im letzten Gewand,
die klaren kostbaren Reste:
goldgefallene Blätter
erhellen dem Wandrer die Häuser,
und entzündet vom schrägen Licht
glüht der Zauber der Bäume
Raum um Raum.
Auseinander wich
was zusammensteht
in das entfernteste Flammen
des Traums und des Schlafs:
hoch lichtentbrannt
in der Seligkeit Räuschen;
verkohlt
zu dunkelsten Gluten.

Alle bekannten,
bergausschweifenden Wege
treibt es jetzt wiederzugehn,
in der Sprache der Farben,
den letzten Stunden des Lichts,
des Vergänglichen Überschwang
noch zu lernen, bevor
nichts mehr bewegt.
Feurig verwunschene
Hallen hinab, wo des Jahrs
höchste Triumphe hängen,
neigt sich der Wald,

und bis zur Finsternis
glühts noch, ein Schatz,
an Baum und Gesträuch.

Heut

Und Nebel sinkt tiefer,
dicht, bis zur Erde.
Weiß und hell
wie im Innern von Etwas,
anders als Licht:
eher Raum.
Mit den ästigen Bäumen
machst du schwarze Schritte
und könntest dir selber begegnen,
weißt nicht, was dir noch
blüht heut: so
aufgehoben ist alles.
In welcher Welt geschieht das?
In welcher Zeit?

Abend-Epiphanie

Der alt winterlich kahlen
Riesenbäume Kronenverästung
läßt täglich des Abends Brand
heraufwachsend sich über
alles breiten: schwarzgegittert,
loht bis zuhäupten der wild
heut zugefallene Himmel,
ein einziges Feuerwort,
das die unsterbliche Seele
in ihrem Hiér versteht.

Nordsee, Winter

So oft ich,
drängend wie zur Geliebten,
die Düne hinauf und zum
Meer ging,
traf mich mit Übergewalt
das Unendliche.
Dicht an den Säumen
wandert ich dann entlang,
floh vor der Flutung,
hob draus die Muschelschalen
und setzt mich ihr barfuß aus;
geriet ins Fließend-Umströmte,
nah vor die Brandung,
spürt schon das Schwellen und Ziehn
und steigert zu Ernst und Eifer
das herrliche Spiel
mit dem Element;
schmeckt den Wind und füllt
das Gehör, das Gewahren, des ganzen
Hierseins höchstes
bewußtes Gefühl;
und nicht bevor Nacht kam
kehrt ich aus Fernen zurück,
und landein
ins Dunkel. Es wirkt noch
wie einst.

Dezember im Wald

Es geschieht nichts mehr,
außer dem, was der Wind,
West, Nordwest, ewig
ungesättigt, tut in den Kronen:
dem bis ins Feinste
blanken Geäst,
den nicht abgelegt grünen
rauschenden Mänteln,
anzuschaun, brausend
anzuhören das Schwanken;
am Himmel oben das Grau,
gestaltig das Blau,
das endlos fortsichsetzende Schicksal,
bejahend seine Verneinung;
hier unten das aufgestörte
Nichtsmehrwollen als
Warten und Schlaf: bis
alles sein Ende nimmt, bald,
und das tiefere Nichts
wird, im Schnein.

Jahrs Letztes

Nun liegt der Schnee und verhüllt,
übernimmt als das Licht auf Erden
Tags über ewigem Düstern
versäumtes Amt: kann keiner mehr
sagen, wo unser Stern jetzt steht.
In Wäldern stockend, durchhellt,
fahlweiß den Gebreiten, schleichend
abnimmt zu früh die Zeit.
Irdisch ins Daseinsfühlen
blendet, halb und vom Boden,
Welt: das Geringe,
Größre drunten als droben, genügt.
Bis Un-Grau-Bestimmtem
nichts mehr standhält;
Träumen beginnt.
Wintern abendet.

Sylvestertag

Wo der Graben im Wald
sich räumt, angewölbt gegenüber:
tragend, säulengrau
aus dem Schnee die Masse der Stämme,
und Holzgewebe, rötlich,
das Haar des Hangs:
so weich und feucht, bricht
der gedeckte Himmel sanft
die fernhellen Risse ins Blau:
lächelnd wärmt es, am Mittentag,
das weiter zum Tod des Jahrs hier
zusammenstehende Ganze.

Sonniger Wintertag

Schneeweiß erglänzt
das Hügelgebiet.
Fein steht der Mittagsrauch
im Tal. Die Fernen begrenzt
das blendend leuchtende Märchenreich,
der Zug der Gebirge.
Ein seliges Blau überspannt
die lichtest geeinte Weite.

Nachtglanz

Ein offenes Werk der Nacht
ist der Himmel mit den Sternen.
Nie ist der Welt, auch im Dunkeln,
ganz das Licht genommen.
Schlafgrau, draußen, wie mitten im Tod,
wartet alles hin in die Fernen
der Auferstehung.
Unnachlässig.

Eins-Alles, gezeigt

Die höchsten irdischen Blicke:
nach wetterverschloßnen Tagen
verschneite Berge im Abendrot –
halt sie, unvergessene, fest,
sie sind der Anblick
des Ewigen, hier.
Denk: wenn wir vergehn,
werden jene Lichter
immer brennen, ob einer sie sieht,
ob keiner: wie ist das gleich.
Ist es doch ein Geschehen
im All. Seins.

III

Abendhimmel

Ut pictura poesis!
(Adstantibus Iacobi nostri tabulis)

I
Überall Glühn verteilt
und graufarbfügend die
Bankungen, schichtgestaltig,
langauswirkende Offenbarungen
in seinen Spätaufständen
heimwärtsbestimmten Lichts,
schaunauswissend;
das sich sein Jenseitsbaun,
verlangsamt aus Rändern blühend,
unübertroffenen letzten
Fassungen zu, abscheidet –
was für unvergänglichen
Welten droben.
Allabendlich uns
das Unendliche-Lernen.

II

Gedämpfter Durchbrüche,
weitgewanderten Feuers
vielfach anlandendes rosenfarben
glutend entzündetes Glimmen
blüht nun
an neuerwachten Gebilden
des Weltendenkens, die träumend
Erscheinungen sind ihres Selbst,
dran im Spiel der Verhüllungen
aller Offenbarungen Grund, der
zeitverkleideten Ewigkeit
Wandlungsschöpfen, zum Schauspiel
sich ins Vergängliche schickt –
so daß ein Sinn das Gemüt uns,
ins All übergehend,
am immer heutigen Abend
mit Größe bestürzt.

III

Der Abendpfeil der Gottheit
schießt durchs Blau –
arterienhelles Rot:
die Brücke des Gewölks
bläst Feuerhauch hinaus;
und Flämmchen glühn abseits,
Sandbänke, meer-
verbrandet; blendet Sturm,
wie morgens, abends: hier am Glühn
kanns nur durch Ewig-Leben gehn.
Es zeigts ein unbewegter Strom
durchblühter Luft
hochdroben.

IV

Verrollt, verwalzt
zu düsterblaunden Böden, legt Gewölk
sich ferndurchrötet schlafen, wenn
noch feuergelbe Himmel droben lohn,
hell-licht, daß Abend scheint
verraten; doch ergänzt
Gestirns nur nicht-befreiter Strahl
zuletzt das Offenbare, blüht,
verhüllt, zum Ungeheuren auf:
es weiß
die Welt, dran aufschaund, nicht zu sterben.

V

Beschleunigt weht
ein quillend mauerweiter Strom
entzückter Hauchgebirge weiß vorbei
am Rauhnachtabend, hoch
geöffnet Bläue dran
das weltneu sturmgeborne
Aug des Anschauns aus der
Schöpfung aufschlägt, die
dort Lasten schwärzt wie Tods
Vernichtung, nahe dran
wie Blütenrauch sich selig klärt,
und unaufhörlich bäumt
Gestaltung sich ins Jetzt:
erstaunt
begreift der sich
als Zeugen wissende, hilflose
Aufblick, daß nichts
Näheres als dieses Ungeheure
jäh gezeigt sein kann,
und wird vom Tausendjahr
jetzt jung und alt.

VI

Gleich Silberheiden
dehnt sichs still
an Sommerabenden am Himmel,
schreibt glänzend sich
sein Seligsein
für morgen ins Kapitel:
unbegrenzt.
Will einsam jetzt das Licht
Vergänglichem noch anblühn,
wirkts, wie hell,
vergrauend auch,
des Ewigen Begriff.

VII

Graublauend
schiebt eine lange gesäumte
schaumüberbrochen vorschreitende
Woge sich in das offene
Glutland der oberen Himmel,
wie Schatten vorrücken
im Feuer; doch einzeln
setzt Licht sich noch,
entzündet, als eines Fernsten
Wirkungen, ein, überirdisch;
bis alles
Ausblühns Aufblühn
auch seine Gipfel, eins
ums andre, verschenkt;
dann
Länder und Meere, plötzlich
weithin die Küsten vertauscht,
nicht mehr
kämpfen: es lagert
erloschen durch alle Höhen,
anheimgefallen
des Stillstands Atem, an den
Ausgängen der Nacht.

VIII
Was stellt sich droben
Freiheit noch zusammen?
Wills nur Einkehr, ists,
daß ohne Schaubarkeit
das Immer-Wandelnde,
sich selbst gehörend, nur
sich Erdendienst entzieht?
Beginnt das deutungslose
Allgeschehen
ohne Aug und Licht?
Himmelsgestalten
lösen sich und gehn
gemeinsamkeitsverbunden
Wirklichkeiten zu,
die jenseits unser liegen.
Letzte Röten glühn,
schon grenzberührend.
Drüben
setzt es fort.

IX

Staubs finstre Halbgestalt
vor Sternsands Ausgeschütt,
am Ort in Weltallstiefen –
Traumgeschehn; auch hier
an Abendhimmeln – Leuchtens
unbesiegt-bedrängter Raub,
ins Obre sich entziehend –
abzuschaun; begreifend:
Sein hat als Gold zum Grund,
was sich vergänglich aufgibt;
weil das Licht nicht lischt.

X

Ein Glutreich loht in Röten –
drunter,
Inselschatten, Abendmeer-umglüht,
Mitwisserschaft
erloschen, tragisch sich
in Schicksals Masken kleidend.
Unbestätigt dennoch
das Verhängnis: Nicht
wie Feuer brennts zuend, wo höchst
Aufmuntrung, fern Versichrungen
vom Weiterblühn entstehn.
Laß dies Erstorbne;
Schönheit trägt
über das Finsterwerden hier
hinaus.

XI

Wenn spät ein Feld
blauschwarzer Dunklungen
des Aufblühns Offenbarungen
vor Himmelsgründen räumt,
die Sicht aufs Überherrliche
entschränkend: stürzt
Erkennen eines Grenzenlosen
noch ans Ziel, das Gold,
ein Reich von Wesenheiten ist.
Dort trifft es Wirklichkeit,
ein Göttliches berührend.
Mit dem Auge aber schaut
es Welt-Bedingungen hindurch
des eignen Daseins Gleichnis.

XII

Schattenverblaut
immer noch überfüllten,
tragenden Himmeln
zündet zuhöchst Entfernungen an
des untergegangenen Feuers
Flammenglühn, greift
weltzurück, übers trauernde
Lichtveröden der Tiefen,
und überm Ausgelöschten blüht,
noch verblüht, fast
unendlich, jenseitshin
des Verkohlten
zukunfterzählende Gegenwart.

XIII
Halboffen flammen
droben die Rötungen dem
durchsichringenden Einblick,
wo drunten, verlangsamt
im Späten, Schwerevolles
sich ausgeformt;
das Innergestaltige
reißt in sein Träumen
schattenküstenentwickelnd
Erschauen von Gold,
drin das Letzterkannte staunend
geschieht: das Hinaufsichgeben
ins Endlichkeiten
entwandernde Glühn.

XIV

Und wie immer niemals so schön
hats droben sich herrlich gezeigt,
daß vom Grund bis zu uns her
alles versammelt ist
in ein Abschiednehmen:
feinstgestuft, wo fast wahres
Erkennen in die Erscheinungen
dringt, wo von drüben
Bedeuten, Verglühn,
hinzögernd, sich ausspricht,
mit allem Köstlichen,
und mit dem Schmerz im Gemüt –
daß noch ein Letztes, vergraut,
fortblüht im Dunkeln.

XV

Es könnte geschehen,
daß helle Bereiche
sich hinter Dunklungsströmungen
nicht in so leuchtender
Offenbarung erzeigten
im großen, genauen Einklang
der Zeit: nicht Hüben
und Drüben dasselbe;
sondern das drunter gefaßte
schon spätre Ergehen
vorgriffe; aber der
Färbungen höchstes Leben
blüht im Zitternden still –
dann schwankt, stürzt
beides zusammen.

XVI

Was geschieht,
nach Sonnenuntergang,
wenn die Himmel
verspätet löschen?
Oft spricht dann erst
das deutlichste Wort
der Welt. Wovon?
Von der Schönheit, vor allem,
in ihr zu sein. Dran angeschlossen
von allen Weisen unserer
unvergänglich-vergänglichen
Existenz. Zuletzt
von sich selbst: der Welt.
Bringst du alle die drei
in ein Ganzes?
Wie stündest du aber sonst,
in deiner Vernichtung arbeitend,
Abend für Abend
vor dem unausmeßbaren
Wunder?

XVII

An Himmeln schwindet hin
und sehnsuchtsvoll verdirbt,
was traumhaft licht und rot
an Schönheit ungesättigt
herrlichstes Gesicht
der Welt eröffnet:
wie erhöht
irdisches Kosmisch-Sein
gleich Abendmeers Verblühn
sich ins Geschehn hinläßt
drin eins am andern lischt,
und unverloren; weil
die grauenden Gebärden selbst
den Sinn behalten, der
dem Finsternis-Verwachsen
innen bleibt.

XVIII

Himmels-Türmung, kühnsten Bau
nicht mehr vollendend, hält
verlangsamt still, reckt überhoch
Ergrautes strahllos schaudernd
auf, auslichtend Mächten, die
sie schon enthält, voraus
verfallen: irdisch, endlich
werdend. Schemen stehn
zuletzt. Vom finstern Feld
aufschaun, erhebt nicht mehr.

XIX

Das Rechte,
wie sichs am Himmel zeigt,
hat auch Klarheit
und die Gewalt;
wir sehn das Schöpferische
im Wirken, Zufall
ist nichts; das Erkennen
gräbt sich zur Wurzel,
zum Gipfel glüht
unser höchstes Fühlen
des irdischen Welt- und Zeit-
und des Daß unsres Daseins.

XX

Wie noch licht ein Lächeln blendend
Abends aufgelöste Züge,
deutsam in ein Höhres zielend,
Himmels schimmernd Antlitz wandeln;
wie sich Wahrheit formt im Schönen,
Unbegreiflichkeit verständlich
sich noch diesseits eingestaltet:
herrlich brennt das weise Leuchten
aus der Ruhe, die die Welt her
uns ins Ephemere spendet,
und der Zukunft Kontinente
darf die Phantasie befahren.

Öffnung

Die hell mit Inseln
großgemalten Himmel
schleiern nachts die Welt.
Ein Stern hier doch
und andre dort
aus offnem Grund
raum-strahlen aus dem All,
was ewig Gegenwart.
Hab teil; es kann vielleicht
die Seele einzig Spiegel sein,
drin sich das Ganze schaut.

IV

Pleroma

Für Rudolf Hirsch †

Ich ging hernieder weite Bergesstiegen –
Hofmannsthal

Gewölk, geknäult und blendend, schwebt' im Blau,
mühlos von Bergen lenkt ich meinen Schritt
erlachtem Grund, umbaumten Auen zu,
wo leicht ins Silber aufgeweht das Laub
durchblitzt von Wogen war, und wäre dann,
wenn ich dem Wasser erst entlanggeblickt,
dem schönen Tal noch weit ins Glück gefolgt,
als mir mein Traum zerbrach. Und wie ein Mensch
der fliegen will das Angesicht der Welt
die Flügel spreitend schaut: es glänzt der Raum
vom rechten Augenblick, am Gegenhang
ragt felskirchtürmend Grundgerechtigkeit
im Wald herauf, ein Ganzes winkt ihm zu,
drin sich ein Älteres dem Jetzt verwebt:
so schau ich immer noch in meinen Traum.
Denn vieles wird durch Offenbarung groß.

Traumglück

Ich träumt, ich freut mich einer wunderbar
im Gehn erzeugten Gegend, hört zugleich
erzählen, wie ich immer hier gelebt, und sucht
in der Erinnrung innerst dunklem Raum
das Waldstück, jenes Feld, den Stieg ins Tal,
was immer, fremd-vertraut, der Weg gebar,
mir wieder zu verloben; dies geschah,
verflochten mit Begleitern ins Gespräch,
als vielfach lustdurchblitztes, freistes Glück,
das seines Daseins Rätsel weit gelöst,
daß ich, erwacht, beseligt noch im Schaun
der langvergeßnen Wahrheit bleiben wollt,
die in Traums Tor sich warm als Schein verstrahlt'.

Vorsatz für das Alter

Nacht und Tag, ich werd sie wechseln,
in den Bergprovinzen wandernd,
unbesorgt um Unterkommen,
weil es Sommer ist und Heimat:
hab ich doch ein Recht, am Waldrand
mit den Grillen einzuschlafen,
aufzuwachen in der Sternnacht
und durchs Träumende zu ziehen,
selbst ein Träumender; so will ich
mir gemäß, gemäß der alten
Ordnung menschbewohnter Erde,
Land durchstreichen. Abend, Morgen,
Mittag und das ganze Leben
werd ich mir zu eigen haben,
nach Jahrtausenden die Fülle
einmal noch zuletzt; und sterben.

Zwischen Februar und März

Die höhern Hügel, waldbekrönt, im Westen
sind von des andern Wetters Luft, das kommt,
schon eingenommen: Schemen, die sich nicht,
zu riesig scheinend, recht erschätzen lassen;
und drüber glüht, in weichen Wolkenfarben,
was vom eintauchenden Gestirn noch bleibt
an vager, zwiegeteilter Örtlichkeit.
Die schrägen Wiesen, winteroffen, karg,
drauf Pferde, nicht mehr weidend, nur noch stehn,
erglänzen diesig im gedämpften Schein.
Das Tal hat nebelnd sich verfrüht gedeckt,
und aller Raum erfüllt sich mit dem Duft,
der morgen Regen kündet. Heut ist noch
Vorahnen Frühlings nach dem Sonnentag
vollendet. Irdisch Jahreszeit geschieht.

Auf Feldwegen

Frühsommertags durch Felderebnen gehn,
leichtwogend-wellige, es blüht am Rain,
Waldstückchen binden Nah an Fern, und wo
das dunkle Wälderband die Sicht grenzt, kommt
Gewölk ein, das sich Blau-herüber trägt,
rein leuchtend. Fülle überfließt vom Maß
der echten Zeiten. Einheit wölbt der Welt
Gebäude, drin sich Leben weiß im Sinn.

Wanderabend

Im Wald wards langsam Abend. Immer noch
erstieg, ab-an, der Weg das Licht: ganz frei
ins Glut-Schaun überm Schattengrund; gestreift
durch Stämme strahlend; Kronen endlich hoch
im Feuer über sich. Bis Himmeln nur
es droben weiterblüht', tiefrot, mit al-
len noch vergraunden Herrlichkeiten. Wald
stürzt' dämmernd ab. Ins Dunkeln bracht das Tal.

Nachbild einer schönen Landschaft

O schau!
Traumähnlich bergumgeben liegt der See,
in Erdenurzeitschönheit hergestürzt.
Voll waldbekleidet hebt und senkt sichs rings,
ein Zauber liegt darauf. Du glaubst noch nie
das Unerreichbare, so lockend, fast
ereilt zu haben. Einen Blick! Dann dreh
das Herz dir in der Brust um, geh. Du hast
dies darum schaun gedurft, damit du weißt:
Es ist das Paradies noch, und es stand
beinah dir frei, es lebend zu betreten.

Variation über ein altes Thema

Des Spätlichts Gluthand hat im Wald
mir ins Gemüt gegriffen,
es lockt mich ziellos nach dem Schein.
Kein Harm bedroht,
doch immer wildre Ängstlichkeit treibt an,
ich müß noch etwas finden.
So hetz ich weiter mich von Licht zu Licht
und weiß, es ist umsonst:
weil, was ich such, ich selber bin
und nie erreich, als bis ich mir
nicht mehr entfliehn kann, einst
im Tod.

Umgrauter Sommermorgen

Der Himmel hängend grau, der Morgen still.
Im Wald herrscht, voll betreten, Vogelsang.
Ahnts dich den Tag hinein, der regnen will,
fügst dich dem Weg du: aufwärts, grade, lang.

Das Gras, die Blumen: dennoch leben sie,
Halbdunkel aufgegangen, warm, gelind.
Waldblößen scheuen Welt: sie wissen nie,
wie nah, wie fern sie eines Sinnes sind.

Noch weiter düsterts: hohlweghaft schmilzt Licht,
aus Dämmers Resten stellt sich wesenleer
Gleich-Gültiges zum fremdesten Gesicht;
die Zeit wird kürzer; auch der Raum wird leer.

Es reißt, wenn Felsen zwischen Stämmen stehn,
schwarz, und der Wald sich wölbt: hier steht allein
die höchste Höh dem Land; hier wärs zu sehn
in Weiten; doch nun strömt der Himmel ein,

und hingekauert lauerst du, vor dir
das Niederrauschen, unter Dach und Laub,
daß sich die Schwäche bald vollende; hier
wird steil der Tag sich noch erretten: glaub!

Septembernacht

Gebirgen über zündet Wetterschein:
Jahrs großes Uhrwerk richtet sich zum Schlagen.
Erst Herbstmondnacht, nach lichtvollkommnen
Tagen,
wird wieder klar und unaussäglich sein.
Bergschemen hüllten sich zum Ringen ein,
gewohnt, Ernsts Schickungen allein zu tragen:
wenn schneegekrönt sie ins Gereinte ragen,
darf drunten noch ein Rest von Sommer sein.

Das Lohen zuckt, schon rhythmisch schlägt das
Licht,
reißt scharf aus Schattenkranz die Gipfelkronen;
bald eifern Blitze, im Gestein zu wohnen,
steht Abgeschiedenheit grell im Gericht.
Das erste Donnern dröhnt. Auf allen Wegen
beginnts, von Tropfen sich im Laub zu regen.

Herbstantritt

Der See hat Helle. Himmelsland, aus Rauch
bewegt gebildet, läßt den Mond, der hoch
die Nachtzeit leitet, glimmend, traurig nur
für kurz erscheinen. Herbst, der schwer den Bach
von Wasser niederbringt, übt hier und dort
im Obren erste Herrschaft. Was er will,
vom schwarzen Wald den Himmel scheidend, zeigt,
verlöschend aber grau, der Schein am See.

In Spätjahrs Wetter

Tief-schwer schleift Wolkenzug
grau nieselnd durch den Herbst,
nimmt nebelschemend viel
bergnaher Raumverwandtschaft rings hinweg.
Waldkuppen, Ränder, offen Tannengrün
stehn, Heutigem genauest zu entsprechen, auf
ins fast verschlagne Licht, die Wipfel
das Ungeheure ausverkündigend.
Talüber rauchverblaut
reiht Welt sich an. Es lebt
die Erdeneinheit Jetzt, das Herz
des Wandrers reißt, er kann
das Band ums Ganze nicht mehr schlingen.
Spätjahr. Kein Blatt, nur in den Eichen hängt
die Handvoll dürr gekrauster Läuber, starr.
Die Schwaden nässen. Überall bliebs Hier.

Totenreich

Talwinters grauer Tag. Im dünnen Schnein
noch spät hinauf zum weißversperrten Wald.
Drin wächst, durchhäuft von himmlischem Kristall,
vermummt in Stille, aller Raum zusamm.
Ein Totenkaltes trägt totkalte Last.
Grabhügel jeder Weg. Geblendet staunt
rings zaubrisches Gesicht. Baum wölbt in Baum
sein Schneehaus, eignen Lichts bewohnt. Der Wald
hat Heimlichkeiten einer ganzen Stadt,
der nur das Wort, drin einzutreten, fehlt.
Kein Irgendwo des dichtsten Orts verrät
ein Hier, dem Jetzt verbunden, das allein,
nichts auferweckend, durch das Starre blickt,
Schnees Dämmern schon bereitend. Kreuz und quer
Abweisung. So hinaus. Und erst im Tal,
wenn grau der Wald sich in sein Weiß entrückt,
fällt Ahnung an, das droben zu verstehn.

Gorgo

In düstrer Kraft, verschneit und kahlgefegt,
zeigt dort sich Waldwand, wo's talher im Sturm
nächtens heraufdrang, reisiggreis Geäst
des Buchenstockwerks weißt', drob Tannen dick
die Wipfel niederschmückt'; auch Walds Gemäur,
erbraunt in alter Farbe, schneelos blies.
Hochwinters Baß sang hier. Nun schweigts.
Ein Hang im Waldgebirge; spät Dezember; grad
das ungeheure Siegel dieser Zeit.

Winterland

Weiß liegt,
Schwarz starrt empor;
das wölbt, dies säumt,
und beides fügt sich unverwirrt
zu neuen, strenggezeichnet
lichten Angeschautheiten
ins anmutkarge Netz.
Gefilde, Gegend:
eigen, jahrzeitrein
die Bilder. Fern,
im Großen, wird
an Himmels Überschwang
und Düstrung Not
gesetzhaft greifbar: kaum
ein Aufblühn im Geschehn.
Schnee deckt, Gewölke wehn.
Wer wandert, kürzt
die Wege.

Bergwald, Winternacht

Das Tiefveränderte
in langer Finsternis.
Lautlos das Säulenhohe,
unerkannt. Sein selbst
vergeßner Ort: begrabner
Massen Schneegestalt,
fahlwache Sichtbarkeit
im letzterratbarn Graun
des innern Totenschlafs.
Pflanzt Ende jeder Schritt.
Wer spät allein
noch durch das Abgeschiedne
geht, muß mit Gewalt
im Leben sich erhalten.

Bergbauernnacht

Das tiefste Lichtgewölb,
daraus es glashell strahlt.
Zum Leben hier gehörts,
steilauf ins All zu schaun.
Kalt ist die Nacht
und deutlicher ihr Schweigen:
Teil des Ewigen ist
das Dasein, wie die Erde.

Aufgeklart

Schnee deckt das Land. Der Himmel, wieder frei,
zeigt Sterne. Kleine Wolken jagen weiß
dem Abgezognen nach. Unendlichkeit
schaut Erde wieder an. Die kann es sehn,
sie freut sich, in der Winternacht dem All
anzugehören. Hoch hinauf, ein Teil.
Ja, keiner näher. Mitte ist auch hier.

Selbsts Gespräch

Es springt und taucht
delphingleich schiffbegleitend
mit mir durch das Meer,
kristalldurchgrünt gebirgig,
wo, vom Herzschlag
rhythmisch die Gezeiten
schäumend scharf begrenzt,
der langen Sonnen Traum
Gewölk, Gewässers Kraft,
aus Massen nährt;
der Mondglanzstrecken nachts
verzaubertes Durchfahren.
Birgt, ein Vogel thronend,
Amsel holden, Kuckucks
hohlen Ruf im Waldtal;
tritt im Grund
der Quellen Schleusen los,
die anfangsvoll gestaut
das lauter kalt Bewahrte dem
vererben, was jetzt blüht.
Es stelzt von Stern zu Stern.
Raumbilder leuchten rings
dem Dunkel-Wandern auf,
wie's unbeirrt, sehnsüchtigst
auf ein Herz der Welt,
gewaltigst-innersten
Urwirbeln Lichts
sich zubewegt, Unendlichkeit
sein Ziel.

V

Das Wort

Der Druck der Weltzeit preßt mein Wort,
es will zu Grund. Doch stirbt es nicht.
Es holt die ganze Rettung ein
im Sagen des was immer ist
und preist die volle Herrlichkeit,
mit der, auch wenn wir anders nicht
als jenseits unser sie noch sehn,
doch jeder Strahl uns eint. Es bleibt,
so bar wie's jetzt am Boden liegt,
lebendig als das höchste Wort.

Dichterberuf

Wenn uneins, antwortlos der Tag verging,
strahlzitternd des Gewölbes Stern umsonst
zum Scheitel tastet, den kein Weltbau heut
sich diamanten über seinem Punkt
erschuf: grab ich mich trostwärts nachts zum Grund,
aus eigner Schwere Welt den Punkt zu leihn,
der ihr und mir genügt. Allwissender
erschafft kein Träumender. Die ganze Last
erbaut sich auf den Schultern hoch ins Ziel.

Denken an Poussin

Für Jean-Dominique Rey

Der Erde idealer Raum, den Licht
bedeutend Fernen niederstuft, den Geist
zum Schauplatz goldener Geschichten baut,
drin die Gestalten klar in Träumen gehn –
ein Leben, zeitlos leuchtend. Großer Sinn,
aussprechlich nicht, wird schaubar im Gesetz.
Hier zeigt sich Poesie Augs selbst genug.
Kunst-unvergänglich schaut sich die Idee.

Ruisdael

Für Seymour Slive

Ein Berg, am Himmel liegend; ähnlich grau.
Darunter unentschlüsselt Erdenwort
in Schicksalszügen. Burg und Brücke alt.
Abseits ein Sonnenstrahl. Im grauen Fluß
badende Knaben, wo er reißend geht.
Die Lebenswege nicht gezeigt. Der Tag
nicht heut, nicht je, doch kennst du ihn, ins Netz
der Welt gezogen, auf den Blick: ewig
Vergänglichkeit. Groß türmt sich das Gewölk.
Die Last des Alls trägt jeder Augenblick.

Vor einer Landschaftszeichnung von Rembrandt

Gleichmäßig wandelt das Geschick
entlang der Not, der täglichen,
die Dinge in Vergänglichkeit,
und allesamt ertragen, tragen sie
lobpreisend seine Majestät
mit ihrer Schwachheit.
Jedes kriegt an seinem Licht
und Schatten teil, drin sichs
behauptet oder untergeht,
auf alle Weisen, wie sichs trifft,
und wird darin für Existenz
unscheinbar exemplarisch Beispiel.
Tiefer, reicher lebt sichs nicht
als auf der Wahrheit allerärmst
unterstem Grund. Wir sind es, wir.

Ein gleiches

Ein sonnenreiches Feld
die Erde. Bis zum fernsten Horizont
voll Licht in allen
krausen, glatten, auf Gewässern
spiegelnden Dingen,
Baumgruppen, Hütten, Brücken, Schleusen,
Mühlen,
und schattenausgemalten tiefen
Dunklungen von oben.
Land im Überblick. Belauscht
ein Tag im Leben. Wie es keiner mehr
zu sehn kriegt. In ein Blatt
als Kunst gebannt.

Das unter uns

Erdtiefen, bergkristallne Welt,
die unter uns im Boden starrt,
Gestein und Blüten, alten Sterns
geträumtes Licht im Todesschlaf;
metallner Wässer harter Wuchs,
frei Marmorrosen, Nadelglanz
in Gneisen, Dunkelsonnen: Glut,
Granit-durchschlagen, und das Gold
vom Götterleib des Sternenahns:
das west als Lehn der Ewigkeit,
Gewände klüftend, unterm Sand,
wurzelnd zu unsern Füßen – Dom,
dem wir auf den Gewölben gehn,
nicht ahnend, welcher Räume Pracht
abgründig sich zum Mittelpunkt
abteufen ließe, wären wir
der Erde alte Söhne; doch
dies erzene Geschlecht ist lang
dahin, und wir vergehn wie Schaum.

Ferne Bäume

Ferne Bäume, lebenslange
Sehnsuchtsziele, einem Jenseits
schauend, scheidend Grenze bildend;
unergründet Schattengruppe;
Einzelwesen, wenn der Wind sie
lichternd, in ihr Eignes bäumend,
aufruft; sonnerwähltes Grabhaus,
glühend Ast um Ast entflammend,
drin Mysterium des Abends
zelebriert wird; Nebelschemen,
lang aus Ahnendem erhaben,
bis aus Mondschein dünnen Silbers
Dinge wiederum erglänzen,
rätselnd Zeit und Schicksal weisen.
Nie besucht. An Horizonten
ragen sie wie Träume dauern,
sturmgeflügelt alte Mythen,
die ein höhrer Geist vergessen
ur-her in ein Jetzt verpflanzte.

Verlassenes Hochtal

In Mulden, Klüften schwarzer Eisenhut,
stark wie aus Hades' Häusern. Felsgezwängt,
füllt einzig Bachsturz' wilder Hall den Raum,
nach oben offen. Aufwärts baun, verdeckt,
gewölkgenaht, die Gipfel. Hier ist Glut
um Mittag, Wolkenschatten spielen frei
des Himmels unerforschtes Denken. Zeit
ist nur die Sonne, nur das volle Licht,
das ungemeßne Glühn der Nacht, das Jahr,
das ungestört den ganzen Kreis hinan,
hinabführt, herrlich, ewiglich, das Sein
dem Menschendasein vorlebt. Welches, schmal,
auch nur mit Mut gering, hier hatt, was karg,
doch über alles Ausdernotsein reich,
das Irdisch zuteilt. Tempelhaus, drin jetzt
nur Gottheit wieder einwohnt. Scheu, vor Hoch-
Erhabnem schaudernd, ziehn wir schnell hindurch.

Alt und Neu, Leben und Tod

Ein Zaun, ein Brücklein, ein mit vielen Steinen
hangabgestützter Weg gibt Zeugnis, wie
mühselig-menschliche Geduld die Sorgfalt
des Erdenwohnens war; ihr schlichtes Maß
ist heut schon Denkmal, daß wir einst – voll
Kunst –,
jahrtausendlang, die Einfalt auch besaßen,
die Leben hieß. Kein Heutiges triffts mehr:
um viele Nullen mal geschwellt, wiegts, gilts
nicht einen Nagel, nicht ein Brett, die einst die
Hand dem Sinn verband. Wir streicheln das
Geländer, das hinüber Wildbachs Steg
uns leitet, und sind feind dem Stahl, der frech
sich, in Beton gegossen, Brücke nennt.
Weh uns. Wir irren niemals, haben's oft
erfahren. Doch wir können nicht zurück.
Der Ungeist wills nicht. Und er sei verflucht.

Jamben

Es ist nicht jedermanns, ins All hinaus,
heißt von uns abzusehn, zu lassen, wo,
ja was wir sind – Verzweifelte, die, schon
ihr Ausgeläut im Ohr, sich nicht und nicht
entfreveln können; wars zu keiner Zeit,
ob Sophokles sein „Polla ta deina“
den Ungelehrigen sang, Homunculus
sich, Geistprinzip, Einzellern anvertraut
im Meer, damit Natur dies noch einmal
versuche: Mensch. Dies alles kommt zu spät.
Zwar hat man jeher am Begriff genagt:
Wars, Gott als Kugel denken, ungereimt?
„Der Schöpfung Krone!“ – wars der Trilobit,
er herrscht' am längsten?! Wissenschaft ist feig
und hörig. Keiner tritt vom Pult und sagt:
„Die Pyramide, deren Spitze wir,
ist nur Gemächt. Unendliche Natur,
wir bauten dich zum Götzenthron ‚Der Mensch‘,
der morgen tot ist wie der Trilobit,
um uns zu schmeicheln. Leider können wir
auch heut die Wahrheit noch nicht sagen, weil
sie tödlich wäre.“ Ganz im Gegenteil!
Doch nicht der Philosoph, der halbe Mensch
der reinen Wissenschaft: der Dichter sagts
allein (mit Zornes Tränen, weils umsonst):
Der schönste Mensch, der Kind ist der Natur,
der dasteht wie ein Baum, der Welten blüht,
in dem die Herrlichkeit sich vielfach fühlt,

er blieb der Welt versagt. Der Funke zuckt'
und ward nicht Feuer. Doch der Gottheit ists
genug. Es ist so viel, was werden soll.

Die Sicht

Ist nach dem herzwegschneidenden Verlust
der Erde – unbewohnt, bewohnt – Gewinn
noch irgend möglich? – Wer vom Greul sich kehrt,
hat noch einmal das Ganze. Hohe Sicht
ist über uns hinaus eröffnet: klar
erkennt sich ausgelebt der Mensch im All,
rings ewigen Anfangs, Endes tausendfach
ansichtig. Rastlos schöpft sich Welt aus Welt.
Daß dies verrottende Geschlecht den Glanz
nicht länger flecke: das will jetzt ins Ziel.
Wer Gottheit in sich aufnimmt, wills mit ihr.

Deinde philosophari

Was solln wir groß noch Menschendinge achten?
Jetzt gilts nur, über uns hinaus zu sehn.
Bloß ein paar Schritt vom Abgrund ists nicht not,
den Rest so wichtig nehmen; sehr, den Blick
aufs Ganze richten. Der Verirrte schaut
am End der Bahn hinauf: dort geht es weiter –
wenn dies hier, was nicht Geist, die Nacht
verschlingt.

Singularität

Nachsommer füllt noch einmal alle Tale,
und auch die Berge zeigen heitre Stirnen;
in diesiger Räume Tiefe scheint von Firnen
Licht auszugehn, als Spiegeln einem Saale.
Die Erde baut sich auf ins Hypäthrale,
an Weltglanz noch den Mond zu überstirnen –
das einzige unter seligen Gestirnen,
draus Schöpfungsziel als Leben widerstrahle,

soweit wir wissen; alle alten Kunden
wollten uns einsam: doch wir ahnen heute,
und sind viel wissender-gescheute Leute,
daß sich das All zur Einzigkeit verbunden;
daß wir von Herbst in Winter gehn, und sterben,
ohne uns, daß uns Brüder, zu erwerben.

Simpelstes

Oft möcht ich aufschrein:
da, im Droben stehts!
Was kümmerts mich,
ob ausgebrannt der Zeit
die Sterne schwarz
vom Himmel fielen?
Hier, auf dunklem Stern,
steh ich, schau auf, es blüht
aus aller Welt
noch fernstes Anfangslicht
mir in den Augenblick:
geb ich mich selbst drein,
fehlt kein Gran
an der Vollkommenheit.
Ists denn so schwer,
dies wissen?

Schlußbericht

Es war geschehn, so wußt ich, was
nicht herzustellen war;
lag allen noch verborgen; kaum
ein Winzigstes
– ein Streifen Schrecken überm Horizont –
verriets. Und ich erkannts im Blitz.
Sollt ichs hinausschrein? Drauf
mit Fingern weisen? Wem?
Den blind-und-tauben Tätern, die
die Hand vom Mord nicht ließen? –
Da erstrahlt's
von Herrlichkeit mit einmal mir
ins volle Schaun, von Gram
war ich schon halb befreit
und konnt ein Neues sagen.
Und es war kein Traum.

Rückblick

Ich wankte oft. Die Bürde war zu groß.
Daß ich ans Ziel sie brachte, half, daß nichts
Abnehmendes mehr da war. Alles Land
bedrängt von Sturmflut. Gast sein, Rast, Asyl,
wie mythologisch klangs. Nichts da als groß
sinnüberfüllend Brandung. Treulich lernt
ich das Gesetz Gezeiten ab – ein Tor,
Schönwetter weiter glauben. Sturz und Prall
erklang nur, dem der hört. Es naht' schwarzweiß
das aufgestellte Meer sich. In den Wind
sich fügen, hieß: grad, standfest bleiben, hier.

Nachwort, statt eines Vorworts

„Landwind“ – damit ist gemeint, es geht, anders als auf Küstenfahrt, hinaus. Mit den geretteten Penaten – einer Arche voll – „au large“, ins Weiteste. Wie Aeneas in ein verheißenes, aber unbestimmtes Troja, da das alte abgebrannt ist. Diesmal freilich nicht mit der Hoffnung auf eine „Translatio Imperii“: vom Abendland aus entdeckt sich keine „Neue Welt“ mehr, wie einst; vielleicht aber dies: des Größeren Welt. Sie beginnt schon mit dem „Loswerfen“ vom Verratenen. Mit dem Pathos der Abkehr aus dem Pathos der Treue. Das „Alte Wahre“ an Bord, setzt die Ausfahrt sich ab, was gewesen ist mitnehmend in das, was schlechthin ist. „E il naufragar m'è dolce in questo mare.“

Inhalt

Die Gedichtbände von Klaus Demus:

Das schwere Land (1958; vergriffen)
Morgennacht (1969; vergriffen)
In der neuen Stille (1974)
Das Morgenleuchten (1979)
Schatten vom Wald (1983)
Im Abend dieser Stunde (1987; vergriffen)
Hinausgang (1990; vergriffen)
Die Jahrtausende (1993)